Thomas Franz Marek · Gustostückeln

GUSTOSTÜCKELN

Vorwiegend heitere Gedichte im Wiener Dialekt

von

Thomas Franz Marek

Jasomirgott-Verlag Klosterneuburg-Wien

ISBN 3-85379-015-1

Gedruckt bei Paul Franklin, Wien,
gebunden bei Pfaffstetter, Wien.
Umschlagbild Atelier Helga Kral, Wien.

Printed in Austria

INHALTSVERZEICHNIS

JUNGSEIN

KRANKSEIN

ALTSEIN

VON LETZTEN DINGEN

GRABSTEINE

TITELGEDICHT

ZUM TITEL „GUSTOSTÜCKELN"

A Leser wird vielleicht bekritteln:
„So sollt ma's Büachl net betiteln!
Weil des, san S'ma net bös, ganz gwiß
a bisserl überheblich is."
Drauf könnt i sagen: „Es is klar,
a jeder Kramer lobt sei War'!"
Aber von sowas is ka Red.
A so a Gschäftsmann bin i net.
I man halt nur, ma sagt hienieden:
Gusta und Watschen san verschieden!
Wann Ihna 's Banfleisch nur beglückt,
bin i vomTafelspitz entzückt.
Der ane schätzt nur ernste Sachen,
der andre, der wüll nix als lachen.
I hab im Büachl garantiert
a patzen Auswahl präsentiert.
Und so is dann nach Ihrem Sinn
vielleicht a Gustostückl drin.

WEISHEITEN

MACH WAS, TUA WAS!

Mach was, tua was, solangs no geht!
Wannst gach a Bankl reißt, dann is scho z'spät.
Heirat, daß Kinder san,
Buam oder Madln dann,
daß no wer da is, der di net vergißt,
Jahre dann später, wannst du nimmer bist!

Mach was, tua was, setz halt an Bam!
Daß d'Hund und Katzen dann später was ham.
Amscheln und Meisen wern
singen in d'Zweigerln gern.
Sein kanns, daß aner sei Madl dann küsst
unter dein Bam, wannst du nimmer bist.

Mach was, tua was, wanns da's aa stiert!
Bist es imstand, na so mach do a Liad!
Schön sein muaß wia a Tram
und halt an Sinn muaß ham,
daß ma's, wanns gsungen wird, freudig genießt,
und daß was bleibt von dir, wannst nimmer bist.

MALEREI

Da lahnt a Bettelmusikant
mit sein Akkordeon in der Hand.
Am Trottoar sei Huat bleibt leer,
des Gassel da hat kan Verkehr.
Zwa Katzerln spüln und gebn ka Ruah,
der Alte schaut verdrossen zua.
Er spekuliert, vur Kältn gstarr,
wia gut jetzt a klans Gollasch war.
Die Sunn scheint auf des ganze Gspül,
es is a richtiges Idyll.
Des war a Ölbild, ganz brillant,
des machert guat si an der Wand. —
Es könnt scho sein, denk i verschmitzt,
daß irgendwo a Maler sitzt,
der unermüdlich, Tag und Nacht,
die Welt uns voller Büldln macht.
Und Lust und Schmerz und alles Gfretten
san Farben nur auf der Paletten.

DIE VERKAUFSKANON

Mensch, schau da an die Illustrierten,
da kriagst an Guster glei zum Flirten.
Die Weiber mit und ohne Gwand,
die bringen di um dein Verstand.
Auf d'Büldln siehgst nur exquisite,
ar jede ist a Aphrodite.
A Traumfigur, a Engelsgsicht,
der ganze Umriß is a Gschicht!
So schaun die Weiber aus ganz gwiß,
wann die Natur in Hochform is.
Doch wann ma in der Tramway sitzt
und links und rechts auf d'Weiber spitzt,
dann wird der Eindruck übermächtig:
naja, die san net gar so prächtig!
Wannst di so umschaust, kummts da vur,
splendid is gar net die Natur.
Sie hat die Schönheit in Gewahrsam,
nur is min Austeiln ziemlich sparsam.
Wahrscheinlich is sie sehr bequem,
a bisserl boshaft außerdem.
Gibt sie an Madl schöne Haar,
ein attraktives Augenpaar,
so bauts ihr dann so dicke Waden,
daß die si schamt, am Strand zu baden.
Die andre kriagt a tulli Gstell,
des Gsichterl anfach a Juwel;

beim Sitzfleisch aber hat ma's Gfühl,
durt hats um a paar Kilo zvül.
Die dritte glänzt von alle Seiten.
nur haperts mit der Oberweiten.
Die Weiber ham da nix zum lachen,
und des san äußerst ernste Sachen.
Des ganze is nach meiner Meinung
a ökonomische Erscheinung.
Denn die Natur war immer schon
a clevere Verkaufskanon.
Bei ihr wird immer unscheniert
nur möglichst büllig produziert.
Sie muaß ja mit die Weibersachen
net waßgott was für Gschichten machen.
Es zeigt si immer wieder dann:
sie bringt eh alles an den Mann.
Nur hie und da, dazwischen schnell,
erzeugt sie richtig a Modell.
Des macht dann alle Käufer toll
und klarerweis die Gschäften voll.
Nur spürt der kundige Beschauer
beim Anblick der Modelle Trauer.
Denn er kummt drauf, bedenkt ers reiflich:
„Auslagenstücke — unverkäuflich!"

PROPAGANDA

Hast du per Zufall was vollbracht,
was a paar Menschen glücklich macht,
dann schau, daß net vül Zeit vergeht,
bis alles in der Zeitung steht.
Des Bravsein ist natürlich klass,
nur schad, wanns nachher kaner waß.
Drum schau di um, sunst bleibst a Null,
geh zu die Hendeln in die Schul:
die tuan min Eierlegn si rackern,
dann aber fangens an zum gackern.

AUF'N SCHACHBRETT

Bist du ein Mann der Politik,
dann schreibst Geschichte mit a Stück.
Du bist als Glückspilz auserwählt,
ma hat di auf a Schachbrett gstellt;
des wird mit Flutlicht angestrahlt,
da sehgn di alle, jung und alt.
Durt ziagst dahin auf deiner Bahn.
Du fangst vielleicht als Bauer an,
und bringst es dann durch deinen Eifer
zum Springer oder aa zum Läufer.
Und hast a Glück und bleibst honett,
dann strahlst als König auf dem Brett.
Und atemlos schaut zua die Welt,
wia's d'jetzt dahinziagst, Feld um Feld.
Und trotzdem, Freund, bist immer nur
auf so an Brett a Schachfigur.
Der wahre Spieler sitzt im Dunkeln,
waßt eh, weit weg, wo Sterne funkeln.

AN MENSCHEN EINISCHAUN

Wann du amol hysterisch bist
und alles in di einifrißt,
wann gach di der Hamur verlaßt,
mit an Wurt, wannst an Pecker hast,
dann gibts als letztes die Devise:
probier die Psychoanalyse!
Nimm dir als seelischen Berater
an renommierten Psychiater.
Bei dem besteigst a Kanapee,
da liegst bequem, des tuat net weh.
Jetzt muaßt über dein Innenleben
ohne Schenierer Auskunft geben.
Der Arzt studiert dein Naturell
und schaut si um in deiner Seel.
Und endlich kummt die Diagnose:
„Sie ham a zünftige Neurose!"
Und dann wirst klarerweis behandelt,
a Jahr wird leicht damit vertandelt.
Die Seel wird quasi operiert,
was faul is, des wird aussortiert.
Du kummst dein Elend auf den Grund,
und wannst a Glück hast, wirst no gsund.

Naja, jetzt wird da langsam klar:
da wird was Neues offenbar.
A jeder Mensch hat in der Brust
an Abgrund, gänzlich unbewußt.
Im Unbewußten haust die Pest,
da gehts da zua wia in Wüldwest.
Wannst nur a bissel abischaust,
da siechst da Sachen, daß da graust.
Des klanste Kind, eh no a Säuger,
hat scho an Haß auf die Erzeuger,
und später machts aus lauter Groll
anstatt den Topf die Hosen voll.
Ganz tiaf im Unbewußten wohnen
unglaublich wülde Aggressionen.
Des Töchterl möcht Mama skalpiern,
der Sohn den Vater massakriern.
Dann gibts den Ödipuskomplex,
des is a ganz verkehrter Sex:
die Tochter is zum Papa nett,
der Sohn möcht zur Mama ins Bett.
Im Unbewußten is die Seel
wahrscheinlich äußerst kriminell.
Du ahnst es, wanns da a net paßt:
der Mensch is scho a rechtes Gfraßt!

BARABERLIAD

Mancher hat sich groß gemacht,
halt sich Autos, Traber.
I habs halt net weiter bracht
als wia zum Baraber.
Mancher speist a feins Gedeck
und als Vurspeis Spargeln.
Mir tragts nur an Frühstücksspeck
und, wanns guatgeht, Quargeln.
Soll i mi deswegn derwüargn
und vor Wut a Schlagerl kriagn?
Aber na! Ob arm, ob reich,
d'Erden macht uns wieder gleich.

Manchmal denk i: grabst recht tiaf,
kummt a Weinderl grunner.
Wann i dann ins Loch nei'schliaf,
rinnt a Stangelbrunner.
Manchmal grab i Stund für Stund
nach an Goldschatz förmlich —
und dann liegt a Gasrohr drunt,
und des stinkt erbärmlich.
Soll i mi deswegn derwüargn
und vor Wut a Schlagerl kriagn?
Wannst im Grab bist, is es Wurscht,
gspüarst kan Hunger und kan Durscht.

Mancher hat im Leben Glück
und fliagt immer höher.
Kummt der letzte Augenblick,
habs halt i dann näher.
In der Erd sein Frieden ham,
na, des kann net schlecht sein.
Manche Gruabn hab i grabn,
ane wird scho recht sein.
Soll i mi deswegn net gfreun?
Muaß i da net lustig sein?
Und so liegt mei Glück darin,
daß ich ein Baraber bin.

DIE MÄNNER

Was Männern Ruhm und Ehr verschafft,
is klarerweis die Manneskraft.
Nur gibts dabei von Fall zu Fall
vül Unterschiede überall.
Beim anen Mann is die Potenz
oft a Vulkan in Permanenz,
vor Überdruck bedrohlich gärend
und für die Umwelt ganz verheerend.
Der andre wieder kann net glänzen,
der Dampf halt sich bei ihm in Grenzen.
Er wüll, daß ma bescheiden bleibt,
daß ma die Gschicht net übertreibt.
Kann sein, daß er sich amol irrt
und a paar Vierterln inhaliert;
dann is er plötzlich ganz betört
und für a Stund a wüldes Pferd. —
Den Männern sitzt die Angst im Hirn,
daß dann im Alter reißt der Zwirn.
Des is natürlich ganz verschieden:
der ane wird zum Invaliden,
der andre lacht die Jungen aus
und erntet immer noch Applaus.
Beim Churchill wars mit neunzig Jahr,
was ma so hört, no wunderbar.

So is des mit der Manneskraft
a intressante Wissenschaft.
Es gibt dabei Probleme gnua —
Was aber sagn die Fraun dazua?
Was d'Männer eahna da beschern,
mit dem halt müassens fertig wern.

SONETT AUF DIE ZEIT

Die Zeit! I waß net, ob die existiert.
Wo kann ma's treffen? Hörn S', da war i gspannt.
Gsehgn hats no niemand, des is eklatant.
Hat si da net a Hirngspinst etabliert?

Ar jeder sagt: die Zeit, die galoppiert!
No, san S' net bös, i mit mein Hausverstand,
i siech ka Zeit si rührn im ganzen Land.
Die Zeit is nix, was irgendjemand gspürt.

Moment! Im Spiagel siech i grad: mei Gsicht
is kreuz und quer liniert, mit Furchen dicht,
wia wann a Zeichner gwerkt hätt wia net gscheit.

Da fallt ma ein, daß vur a dreißig Jahr
glatt wia Kanzleipapier mei Gsicht no war.
Ja, und der Zeichner? — Sehgn S', des war die Zeit!

DES WETTERHÄUSL

A Wetterhäusl prophezeit
des Wetter für die nächste Zeit.
Natürlich waß ma überdies,
wia drin im Haus des Wetter is.
Geht sie, die Frau, amol spaziern,
dann siecht ma eahm drin triumphiern;
da hat er nämlich des Gefühl,
daß er jetzt tuan kann, was er wüll.
Stolziert e r aussi wia a Protz,
dann macht natürlich sie an Fotz.
Sie denkt si glei dann von dem Hund,
waß Gott, was der jetzt anstelln kunnt.
Es is a alter Schlendrian,
daß die zwa nia beinander san.
Nur, san ma ehrlich, es is do
in andre Häuser grad a so.

NARRHEITEN

DIE GARTENZWERG

Jetzt kummens wieder in die Gärten:
die Gartenzwerg mit weißen Bärten,
mit gelben oder blauen Hosen,
mit roten Wangerln wia die Rosen.
Vül siecht ma scho, ma sollts net glaubn,
mit eahnre roten Zipfelhaubn.

Sie stehn herum da zwischen Bohnen,
Kraut, Kölch, Karotten und Melonen.
Ma siechts beim Flieder traumverlorn,
beim Löwenmaul und Rittersporn.
Die Zwerg, die lustigen Kaliber,
dreißg Zantimeter oder drüber,
die san jetzt den Moment bereit
zu fieberhafter Tätigkeit.
Der ane halt an Gartenrechen,
der andre stützt sei Axt auf d'Zechen,
der dritte schwingt a Tulpenzwiebel,
und aner buckt si um an Kübel.
Sie warten alle auf an Schraa,
dann haut a jeder hin für zwaa.

Alle die lieben Werkzeughalter
san, scheints, im gleichen Lebensalter,
weil ma bei eahna nie a Kind
oder an jungen Burschen findt.

Wo aber hams jetzt eahnre Weiber,
waßt eh, die süaßen Zeitvertreiber?
Tuans die so raffiniert verstecken,
daß 's kan gelingt, sie zu entdecken?
Die untersetzten klanen Herrn
tuan si doch irgenwie vermehrn!
Was die in derer Hinsicht treiben,
wird ewig uns ein Rätsel bleiben.

Wo's her san, kann ma s' aa net fragn.
Es hat kan Zweck, sie wern's net sagn.
Sie kummen mit Wahrscheinlichkeit
direkt aus unsrer Kinderzeit,
und wolln auf die Art demonstriern,
daß Zwergerln wirklich existiern.

ÜBERS PARKEN

Unser Innre Stadt am Werktag,
hörst, da ghört da was dazua!
die is angstopft mit die Autos
scho um siebme in der Fruah.

Durch an Zuafall hab i müassen
um die Zeit zum Rathaus gehn.
In an Auto sitzt a Mann drin,
no, i bleib a bisserl stehn.

„Hörn S', da hams a klasse Tschesen,"
sag i, „wui, mi frißt der Neid!"
„Des vasteh'r i", mant der Fahrer,
„'s is ja aa mei größte Freud.

Kost ja aa a klans Vermögen.
Schaun S', mir hams halt statt an Kind.
Und mir können 's uns nur leisten,
weil mei Frau dazuaverdient.

Früher hab i mit der Tramway
guat a Stund braucht ins Büro.
Heute setz i mi ins Wagerl,
bin in zehn Minuten da."

„Nur a bisserl zeitlich," sag i,
„fangen S' mit der Arbeit an."
„Freili," gibt er mir zur Antwurt,
„gib i zua, da is was dran.

Wann ma's nämlich ganz genau nimmt,
is um acht Bürobeginn.
Und i sitz von siebm bis achte
täglich da im Auto drin.

Wann i net vur siebme da bin,
kriag i ja kan Parkplatz mehr.
Sagn S'ma, is des net zum Wana
heutzutag der Scheißverkehr?

Weil a jeder Fetzenschädl
Muaß ins Gschäft min Auto fahrn!
Und dann laßt er siebn, acht Stunden
auf an Fleck sein alten Karrn.

Hörn S', wia schön könnt i jetzt püseln,
wann ma übrall parken könnt.
Anderntels, i hab den Wagen
doch, damit i eahm verwend!"

„Ja ‚so is," sag i im Furtgehn,
„Sie, des nimmt ka guates End.
Des Benzin, des is mei Ansicht,
hat uns alln des Hirn verbrennt!"

DER SELBSTMORD

A junger Mann hat kurz entschlossen
zunächst amol sei Leb'n genossen.
Der Bursch, von Lebensgier besessen,
hat ganz aufs Arbeiten vergessen.
A Erbschaft hat er durchgebracht
und hinterher no Schulden gmacht.
Bald hat ma gsehgn, er war am Sand:
Verhatschte Schuach, vermudelts Gwand!
Er hat si nimmer anschaun können,
hat gspüart an Haß auf sich entbrennen.
Jetzt war er bitter, böse, bissig,
und seines Lebens überdrüssig.
Da hat er, ohne lang zu warten,
gustiert die besten Todesarten.
Doch warn's ihm, der von Wut erfüllt,
als Straf' fürs eigne Ich zu mild.
No, endlich hat er schadenfroh
a Lösung gfunden mit Niwoo.
Als raffinierte Selbstvernichtung
hat er sich vurgschriebn die Verpflichtung:
„Du arbeitst sechzehn Stunden täglich,
essen und trinken nix womöglich,
Schluß mit Tabak, Kaffee, Wein, Weib
und allem bleden Zeitvertreib!

Wart, liaber Freund, des san die Sachen,
die wern di langsam fertigmachen!" —
Von jetzt an war's ein Hundeleben,
der Haß hat kan Pardon ihm geben.
Mit an Wurt, er hat konsequent
den Selbstmord durchgführt bis zum End.
Nur war des Ende sonderbar:
denn nach die ersten harten Jahr
san Gelder zuagströmt eahm in Massen,
er hat si Häuser bauen lassen.
Die Leut ham gsagt: „Der is auf Draht!"
und ham eahm gwählt zum Aufsichtsrat.
So war er aller Sorgen ledig,
und sagt sich mildgestimmt und gnädig:
„I muaß di jetzt scho langsam loben.
Die Straf' wird teilweis aufgehoben!
Du kannst erfüllen dir dein Tram:
därfst heiraten und Kinder ham.
A Ehe is natürlich nie
a ausgesprochne Amnestie.
A bisserl muaßt scho weiterbüaßen,
doch wird die Liab dir alls versüaßen!"

FERNSEHREKLAME

Acht Stund muaßt bei der Arbeit schwitzen,
dann därfst auf d'Nacht beim Fernsehgn sitzen.
Als erstes steht durt am Programm,
obs d'wüllst, obs d'net wüllst, die Reklam.
Die Werbung is ja manchmal bled,
doch gar so schlecht is wieder net.
Ma muaß halt, statt nur allweil fluachen,
für sich des Beste aussisuachen.
Waßt eh: im Falle eines Falles
erfahrst fürn Haushalt wirklich alles.

Bemerkst vielleicht amol mit Schreck:
dei weiße Westen is voll Dreck,
dann siehgst im Fernsehgn Mitteln gnua,
mit Riesenwaschkraft no dazua.
Des schönste Weiß hast momentan —
und schau dir nachher 's Wasser an!

Sehr wichtig war seit jeher schon
für Fraun die Werbung für Shampoon.
Sie brauchen nämlich was fürn Mann,
daß ma den Kopf eahm waschen kann.

Durchs Fernsehgn schiaßts da plötzlich ein:
dein Atem is net zimmerrein!
Nimm Zahncrem „Frescolin" vorm Kosen,
dann riachst vom Mund als wia a Rosen.

Gar manchen Menschen trifft a Fluch:
sei Körper, sagn's, hat an Geruch.
Des Fernsehgn hülft eahm sicherlich:
„Sextil-Spray" läßt dich nicht im Stich!

Des Fernsehgn ist halt a Verführer
und kennt bei gar nix an Schenierer.
Zum Beispül zagts für jedes Alter
den allerbesten Busenhalter,
wo alles, wie es sich gebührt,
zsammghalten und gebändigt wird.
D i e Werbung is für Frauen nur
und trotzdem schaun die Männer zua.

Des Fehrnsehgn preist aa alles glatt,
was dir der Arzt verboten hat.
Nimmst du a „Dames" in den Mund,
dann is des Rauchen guat und gsund.
Du kannst Bier, Wein und Whisky saufen,
nur muaßt bestimmte Marken kaufen.

Du hast des Paradies daham,
laßt dich berieseln mit Reklam.
Ziag Patschen an, mach kane Faxen,
streck mit Genuß aus deine Haxen,
auf amol schlafst und tramst so süaß —
und des is narrisch guat für d'Füaß!

DIE VERLASSENE WÜLDANTN

Hörst, Wüldantn, alls hab i gsehgn:
mit dir is was Trauriges gschehgn!
Du stehst grad im Bach ganz am Rand
und stocherst min Schnabel im Sand.
Dei Anterich steht neben dir,
recht stolz wia a Murdskavalier.
Des is, waßt, a sehr schönes Büld.
Es Anten, es seids gar net wüld.
Es heirats und bleibts beianand,
bis daß dann der Tod löst das Band.
Jetzt aber, i schau wiar a Narr,
is gach euer Bund in Gefahr.
Der Anterich macht an klan Lauf
und schwingt si in d'Luft dann hinauf.
Der hat dar beim Fliagn eine Kraft!
Ma wundert si, wiar er des schafft.
Er ruadert drobn quasi ums Eck,
a Schleifen no, dann is er weg.
Du, Wüldantn, bist wia betäubt,
dann wird da erst klar, was der treibt.
Im Herz drin ganz tiaf hast es gspüart:
dei Gschamsterer ist bäulisiert!
Ar so a olendiges Gfraßt!
Was hat dem auf amol net paßt?
Am End is, i hab so a Gfühl,
a andere Antn im Gspül.

A Tag um den andern vergeht,
der Kerl bleibt vom Winde verweht.
Du Arme bist eh scho ganz schwach.
Jetzt watschelst allan in dein Bach.
Ar sowas, des hat da no gfehlt!
Jetzt gspürst halt den Jammer der Welt.
I geh da als Zeuge, hast ghört?
Weil mi sowas wirklich empört.
Und wanns aa die Wirkung verfehlt,
des ghört allen Leuten derzählt.

LEOPOLDITAG IN KLOSTERNEUBURG

In Klosterneuburg den Lepolditag,
den muaßt derlebn, des ghört si ohne Frag!
Gehst langsam hin zum Rathausplatz auf d'Nacht,
siehgst gach des Riesenrad voll Lichterpracht.
Und Menschen umadum, ein Murdstamtam,
i sag da's, ein Krawall, der haut di zsamm.
Freßstanderln überall für alt und jung:
a leerer Magen bremst den schönsten Schwung!
Da kriagst jetzt alles gustiös und frisch:
Grillhenderln, Würschteln und an bratnen Fisch.
Um Zuckerwatte is a großes Griß,
obwohl des irgendwie a Bledsinn is.
Du siehgst aa Pärchen umgehn wia im Tram,
die heut vur lauter Glück kan Hunger ham.
Bist aufglegt jetzt? Da ziagn's di mächtig an:
des Autodrom, die Gruselgrottenbahn,
a Düsenkarussel gar aus Amerika.
Schiaßstandeln vül, die gibts natürlich aa.
Min Gwehr kannst schiaßen da, bis d'di zerfranst;
was glaubst, was du da alles gwinnen kannst!
A Bahnlok führn kannst, wannst a Bua no bist.
Und Ponyreiten als Kavallerist. —
Obs d'jung bist oder alt, des is ganz wurscht,
auf amol überfallt di gach der Durscht.
Da reißts di dann zur Weinkost in den Saal,
nur bleibts beim Kosten halt auf keinen Fall.

A Menschenmasse is durt etabliert,
und jeder Mensch vom Wein scho infiziert.
Und jeder leider hat a Stimm und plärrt,
wann er si über den Krawall beschwert.
Und no dazua zum allgemeinen Glück
dröhnt von an Podium die Blasmusik.
Und vur an Mikrofon da röhrt dazua
a schmalzigs Liad a Lederhosenbua.
Den Leuten gfallts. Und in dem Saufgetümmel
schwebt jeder langsam in den siebnten Himmel.
Und sölig denkst: soll i mi heimwärts hutschen?
Oho! Jetzt net! Jetzt gehma Fasselrutschen! —
Da siehgst jetzt wia aus aner andern Welt
vom Stift die Türm im Nebel schwach erhellt.
Die Chorherrn drin gehn ernst zum Nachtgebet,
sie überhörn den Festtagslärm diskret.
Sankt Leopold! Obs den net damisch gfreut,
daß eahm so lustig feiern tan die Leut?

MODERNE MALEREI

Der Maler Edoardo Bärtig
hat den Moment a Büldl fertig.
Von derer Arbeit raucht eahm 's Hirn,
drum geht er jetzt a Weil spaziern.
Da kummt sei Bua ins Atelje,
der siecht des Büld und sagt: „Uje!
Jetzt hat mit seiner ganzen Kunst
der Vatta wieder alls verhunzt.
I kann die Kraxlerei net sehgn.
Des is ma zvül, da muaß was gschehgn!"

Er siecht mit schwarzer Farb an Topf,
da geht ihm plötzlich auf der Knopf.
Er taucht an Pinsel ein voll Fieber,
geht hin zum Büld und pinselt drüber.
Er pinselt schwarz, die kreuz und quer,
von unt nach oben, hin und her.
Er arbeit eifrig und beherzt,
bald is des Büld total geschwärzt,
nur bleibt zuletzt im linken Eck,
weil d'Farb ausgeht, a weißer Fleck.
Er is zufrieden, wischt si a,
auf amol steht der Vatta da.

Der Bua jetzt schnappert mit die Zähnt,
er glaubt, des is sei letztes End.
Der Maler, wusch, der steht und schaut,
er siecht sei Büld total versaut;
doch wia er des Malör fixiert,
fühlt er si plötzlich inspiriert.
Er schreit und packt den Buam beim Kragen:
„I müaßt di eigentlich derschlagen!
Doch hast in deinem Unverstand
was Grandioses angebahnt.
Durch Zufall bringt jetzt dei Erfindung
a neuche Malkunst zur Entzündung.
Und die Idee, die hat a Strahlung!
Die neuche Kunst haßt ‚Übermalung'!"

Was sich dem Maler offenbart hat,
war des, auf was die Welt scho gwart hat.
Wem intressiert heut noch a Akt,
den jede Illustrierte zagt?
Und was gemalt wird surreal,
Is heut scho jedem Hund egal.
Was der Picasso präsentiert,
wird net amol mehr ignoriert.
Aber a Büldl übermaln,
mei Liaber, des muaß jedem gfalln!

Und no dazua der feine Gäg:
auf schwarzem Grund a weißer Fleck! —
Kaum hat der Edoardo Bärtig
sei erste Übermalung fertig,
wird er scho als Schenie entdeckt.
Er trinkt zum Fruahstuck nur mehr Sekt,
geht mit sein Buam in Kompanie
und hat an Umsatz wie noch nie.

AM FORELLENBACH

Wo seid's denn jetzt alle, es geschwinden Forelln?
I siech euch scho lang net, es komischen Gselln.
Gibts des, daß euch alle scho aussigfangt ham?
Am End habts euch langsam verkrochen im Schlamm.
Da steht jetzt im Wasser a Kühlschrank derquer,
scho rostig a wengerl und klarerweis leer.
Scheniert euch der Kasten? Er is halt net neuch.
A Wohltäter hat eahm ja hingstellt für euch!
Im Summer, wanns haß is, is sowas net schlecht.
Des gibt euch dann Kühlung. Is euch des net recht?
A Gasherd liegt aa scho net weit von der Stell;
er ist halt natürlich ka letztes Modell.
Hat euch des Gerät vieleicht gar irritiert?
Im Winter werds froh sein, wann des existiert.
Es dürfts euch gegen alles, was neuch is, net stelln!
Sunst seids nur verschrobene, dumme Forelln.
Der Mensch gibt euch alles, was praktisch is, gern.
So wird eucher Bach dann schön langsam modern.

ANTRAG AN DIE ZENTRALANSTALT FÜR METEOROLOGIE

Der Metarologie mißfallt
scho alls in der Zentralanstalt.
Was die Propheten durt verkünden,
muaß ma als Pflanzerei empfinden.
Weil, wann ma alls im Durchschnitt nimmt,
von die Prognosen gar nix stimmt.

Durt müaßtens amol was riskiern
und mii als Laubfrosch aungaschiern.
I gspür daham und außerhaus
an Föhn exakt an Tag vuraus.
Da tuats ma vur die Augen flimmern,
der Kopf tuat weh, mir is zum wimmern.
Der Blutdruck fallt auf hundertzehne,
dann kummt a saftige Migräne.

Min Rheumatismus kann ma fein
an Wetterumschwung prophezein.
I hab in mein Bekanntenkreis
a Massa Laubfrösch als Beweis.
Bei Änderung von kalt auf warm,
reißts die Frau Wurm im linken Arm.
Kummt nach der Hitz a kalte Zeit,
gspürts die Frau Spival wiar net gscheit.

Da stichts es wiar mit aner Gabel
im Kreuz und linkerhand vom Nabel.
Und schaun S', der alte Herr Saphir,
den zwickts erbärmlich in die Knia.

Des Wetter meldt si unsympathisch
in alle Glieder auf rheumatisch.
Des waas zwar scho a Säugling bald,
no lang net die Zentralanstalt.
Durt rechnen sicher junge Dutter
des Wetter aus mit an Kompjuter.
Mit eahnern Satellitenschmäh
verspülns des letzte Renommee.
So sollns es halt amol probiern,
paar gsunde Laubfrösch aungaschiern!
Die drahn eahna die Bude um
und fasziniern des Publikum.
Stüll san dann Kritiker und Kläffer,
weil jeder Ausspruch is a Treffer.
Im Fernsehgn hams jetzt aa scho drillt
an Laubfrosch für die „Zeit im Bild"!
Da müaßt si die Zentralanstalt
jetzt schon a bisserl tummeln bald.
Vielleicht, des tät mi wirklich gfreun,
stellns mi als Oberlaubfrosch ein.

AHNENFORSCHUNG

Fürn Menschen is sei Ahnenreih
die allerliabste Protzerei.
Da möcht der schäbigste Filou
als Ahnen an Herrn „von und zu".
So fangt er zruck zum forschen an,
soweit er halt dann kummen kann.
Nur kriagt er alle Bot an Wickel
mit der verzwickten Taufmatrikel.
Und wann er si a 's Hirn zerfleischt,
er is zum Schluß doch schwer enttäuscht.
Is in der Reihe erst a Herr,
nach hinten zua wirds ordinär.
Ma registriert als Glanzvermehrer
dann mit Hurrah an Straßenkehrer.
Und für an hochgebornen Grafen
verweist der Stambaum auf an Affen,
weil ja die Menschheit insgesamt
ganz sicher aus'n Tierreich stammt.
Die Forschung kennt da kane Grenzen,
der Stammbaum laßt si so ergänzen.
Erfaßt er auch den Tierbestand,
dann wird die Gschicht erst intressant.

Für jeden Fürscht, für jeden Surm,
beginnt die Ahnenreih beim Wurm,
der was sich wie ein Mensch benimmt,
weil er sich bei an Fuaßtritt krümmt.
Als weitrer Vorfahr stellt si frisch
mit kalter Schnauze vur der Fisch.
Die Schlange in der Ahnenreih
hat uns vererbt die Kriacherei.
Der Mensch hat aa, es is zum Wanen,
a ganza Massa Raubtierahnen.
Und schließlich steht im Vordergrund
als Ahnherr oft der Schweinehund.
Sticht ma an Stammbaum erst ins Holz,
dann is vorbei mit unserm Stolz.

A VOLLBARTTRÄGER MÜASSEN S'WERN!

I möcht Sie nur beiläufig fragn,
warum Sie no kan Vollbart tragn?
Sie san ja nackert im Gesicht,
mei liaber Herr, des ghört sich nicht!
Wer etwas hält auf Lebensart,
der tragt jetzt einen vollen Bart.
Drum lassen S' Ihnen doch belehrn:
A Vollbartträger müassen S'wern!

Min Vollbart können S'vül bezwecken:
Sie können Ihnern Kropf verstecken.
Ham Sie am Hals an Leberfleck:
an Vollbart her, der Fleck is weg.
Und ham Sie oben leicht a Glatzen?
Des gleicht si aus mit der Matratzen.
Ha! Ihna wer i scho bekehrn:
A Vollbartträger müassen S'wern!

Auch unser lieber Herr Lueger
war seinerzeit ein Vollbartträger.
Wann S'auf sein Posten reflektiern,
dann müassen S'aa den Bart riskiern.
Sind S'arm im Geiste, mein Verehrter,
min Vollbart sind Sie ein Gelehrter.
Tuan S'Ihna's Leben net erschwern:
A Vollbartträger müassen S'wern!

Die Weiberleut, die hemmungslosen,
tragn statt an Kittel lange Hosen,
kopieren uns auf Schritt und Tritt:
min Vollbart kummens do net mit.
Wann diese Zuaständ Sie besehn
und dann als Mann noch wolln bestehn,
dann müassen S'auf mein Ratschlag hörn:
A Vollbartträger müassen S'wern!

Auch bei der Liebe denken S'dran:
min Vollbart san S'ein Don Juan.
Was für den Hahn der fesche Kamm,
des is der Bart fürn Bräutigam.
Was glaubn S', wia solche Vollbartspitzeln
bei jedem Kuß die Weiber kitzeln!
Wolln Sie die Damenwelt betörn?
A Vollbartträger müassen S'wern!

Beim Essen kann der Vollbart Ihnen
sehr schön als Zuaspeiskastl dienen.
Wann Sie beim Suppenessen hudeln,
verfangen sich die Suppennudeln;
falls Sie der Hunger übermannt,
dann ham S'im Bart den Proviant.
Drum sag ich dem gepflegten Herrn:
A Vollbartträger müassen S'wern!

Ar jeder wird vor Neid erblassen,
wann Sie an Bart sich wachsen lassen.
Sie stehn mit dem Fassadenputz
zum Schluß noch unter Denkmalschutz.
Auch ham S'a leichte Himmelfahrt,
der Petrus tragt ja aa an Bart,
der protegiert ja solche Herrn:
A Vollbartträger müassen S'wern!

A VERRUCKTER DENKT

Mi hams auf d'Nacht in Graz geburn.
Durch des bin i a Weaner wurn.
Jetzt sitz i da im Guglhupf.
Des guate is, i zahl kan Tupf.
Die Ärzte san dar intensiv,
da macht si kaner an Begriff.
I brauchert nur a bissel Ruah,
weil z'denken hab i mehr als gnua.
I bin doch, wia ma sagt, am Sand
und bring scho alles durchanand.
Es geht net ums Delirium,
des Mitleid bringt uns alle um.
Schau, der Kompjuter beim Kamin,
der brauchert a Kompjuterin.
I kann mi aa net samt mein Hirn
fürn nächsten Tag vurausrasiern.
A Faßl Wein is explodiert;
verstehst, da hat si kaner grührt!
A Seilbahn bauns in d'Unterwelt.
Na klar, für sowas hams a Geld!
Siehgst net, daß durt der Figl steht?
Was die mi haun! I bin so bled.
Mir bindens d'Händ am Rucken zsamm.
Naja, Ideen muaß ma ham!

A GSCHÄFT FÜR DIE KANNIBALINNEN

Hörst, des war da a Gekreisch,
gabs a Gschäft für Menschenfleisch!
Gar so ausgfalln wars ja net,
wann ma des probieren tät.
Weil, wia kummt a Viech dazua,
nehm man an, a Sau, a Kuah,
daß ma's ostícht und halbiert
und dann in die Gschäften führt?
Es is halt so eingführt jetzt:
nur fürs Viech wird's Messer gwetzt.
Aber gar nix bleibt modern,
kehrt um d'Hand kanns anders wern,
und vielleicht wirds allgemein
durch Gesetz geregelt sein.
So a Gschäft müaßt deklariern,
daß durt Menschenfleisch nur führn.
Preise wern ersichtlich gmacht
und dann strengstens überwacht.
Wann nur alls sei Urdnung hat,
der Vertrieb, der geht dann glatt.

Denn Sie kriagn da, wia's is ghört,
alles, was das Herz begehrt:
Vurders, Hinters, Beuschl, Filz,
Vogerln, Hieferl, Leber, Milz.
Weil der Mensch is bis auf d'Haut
grad so wia a Viech gebaut.

Kummen S'eini da, Gnä Frau,
was Sie wolln, Sie kriagn S'genau:
Prima Schnitzel ohne Knochen,
gestern ham ma frisch gestochen!
Schaun S', da ham ma feine Niern,
von an Physiker a Hirn,
Schulter von an Fußballstar,
und a Bries von an Notar.
Sehgn S', da war a Tafelspitz
vom Hern Hugo Blasewitz.
Und a Züngerl, ideal,
von Frau Milly Wepsengall.

Ja, so gangerts ungefähr
in an Menschenfleischgschäft her.
Sehr verlockend anzuschaun
für die Menschenfresserfraun.
Allerdings, die Kannibalen
ghörn heut net zu die Normalen,
und sie san seit langer Zeit,
wia ma sagt, a Minderheit.
Doch dem Vorurteil zum Trutz
gibts an Minderheitenschutz,
den vor allem scharf betonen,
die Vereinten Nationen.
Also is am End ka Tram,
was ma uns da ausgmalt ham.

ERDÖLKRISE

Hörn S', des war a schwarzer Tag!
I hab glaubt, mi trifft der Schlag.
Haßts auf amol: des Malör!
Mir kriagn bald ka Erdöl mehr!
Wissen S', drunten die Araber,
erst amol warns Sandinhaber,
ham gesiedelt in der Wüste
ohne bsondere Gelüste.
Tausend Jahr san so vergangen,
dann hats Massl angefangen.
Irgendjemand hat entdeckt,
daß da drunt a Erdöl steckt,
Kehr um d'Hand warn diese Zonen
voll mit Dollarmillionen.
Den Arabern, weils floriern,
steigt jetzt gach der Papp ins Hirn.
Mitten in der Konjunktur
drahn uns die den Ölhahn zua!
Des is fein, des is a Gschicht,
jeder macht a langes Gsicht.
Mir ham auf den Fortschritt baut
und die Öfen aussighaut.
„Wer mit Erdöl heizt, gewinnt!"
So, jetzt san ma schön bedient!
No, und die Motorisierung
is benzinlos a Blamierung.

Endlich war ma in der Höh,
jeder Surm hat sein VW —
den kann er samt sein Entzücken
irgendwo si hintre picken.
Umadum ka Petroleum,
die Garage wird a Museum!
Ham S'a Ahnung, wia i pfauch,
wann i gach a Taxi brauch?
Gibts an Taxler, der si plagt
und mi Buckelkraxen tragt?
No, da ham ma uns vergogelt,
unser ganze Wirtschaft wackelt!
Ach, mir wern net diskutiern,
mir wern alle explodiern:
„Hörts, es Goscherten in Mekka,
habts es alle scho an Pecka?
Sehr geehrte Beduinen,
laßts die Peipleins wieder rinnen!
Wollts in euchern Öl ersticken?
Schauts, es könnts es ja netschlicken!
So, jetzt ham ma gschimpft nach Noten,
und jetzt geb ma uns die Pfoten.
Mir ham zhaus die Autos stehn.
Soll ma z'Fuaß in d'Arbeit gehn?
Schickts a Öl — und klarerweis
zahl ma euch an jeden Preis!"

A FRAUENGESPRÄCH

Wann Weiber miteinander plaudern,
so is des manchesmal zum Schaudern.
A jede tummelt si sofort,
daß sie derwischt des erste Wort.
Und der's gelingt, die hat a Pfand,
und des gibts nimmer aus der Hand.
Ihr Mundwerk kummt sofort auf Tour'n,
und wer da dreinfahrt, is verlurn.
Sie tuat si in die Wörter baden,
es reißt und reißt ihr net der Faden.
Sie schildert endlos glei ihr Gfrett
mit Zimmer, Kuchl, Kabinett,
und wia s'der Mann auf d'Nacht sekkiert,
und was ihr sunst no alls passiert.

Die andre wird scho langsam sauer
und liegt nur allweil auf der Lauer,
daß derer Godl reißt des Garn,
damit s'ihr kunnt dazwischenfahrn,
weil des, was die da phantasiert,
sie überhaupt net intressiert.
Und endlich hat sie des benutzt,
daß sich die Rednerin verkutzt,
derwischt a Wörterl gschwind als Pfand
und gibts dann nimmer aus der Hand.

Jetzt gehts von ihrer Seiten los,
und wia des rennt, des is famos.
„Frau Pospischil, jetzt hörn S'ma zua.
Von unsern Urlaub hab i gnua.
Des war a Reise mit Exzessen.
Bei Graz hätt ma uns fast derstessen.
Und überhaupt, drunt in Venedig,
da hams die Liebespaare gnädig.
I sag Ihna, am Meeresstrand,
was ma da siecht, is allerhand.
Ja, und am ärgsten treiben's die Alten,
des sollt ma net für möglich halten.
Im Restaurant wird ma erst satt,
wann ma drei Gäng verschlungen hat.
Und im Hotel, wanns rechnen tan,
schaun's jeden Gast für'n Rotschild an.
Für was ma furtfahrt, waß i net,
und jedes Jahr is ma so bled."

Die Frau, die des alls hören soll,
hat längst davon die Schnauzen voll.
Sie denkt si: könnt der alte Drachen
net endlich scho a Pause machen?
Was brauch i derer ihr Krakehln,
i wüll ja selber was derzähln!

Die Frau, statt daß's geduldig hört,
is, weils net reden därf, empört.
Wanns drankummt, die Empörerin,
hats selber dann ka Hörerin.
So redt a jede Frau nur Blech,
des alles is ka Zwiegespräch.
Es is im Grund samt der Empörung
a gegenseitige Entleerung.

DIE GUATE ALTE ZEIT

Verdrossen hockt am Rathausplatz
a alter ausrangierter Spatz.
Er lamentiert: wo san in Wien
die guaten alten Zeiten hin?
Wo heut Benzindampf alls ruiniert,
san früher Rösser galoppiert,
und denen san beim Peitschenknalln
die guaten Apferln abigfalln.
Ja, damals war im Pferdemist
a Habern, den ma nicht vergißt.
Da hat ma si halt niedergsetzt,
voll Appetit den Schnabel gwetzt,
da war ja alls so delikat,
daß ma si wirklich anghaut hat.
Und heut? Wann sich, als Zufall fast,
amol a Rösserl blicken laßt,
und wann ihm wirklich mit Gewalt
ar so a Apferl abifallt,
und kost ma's dann, es is halt net
die guate alte Qualität!

BOXKAMPF CASSIUS CLAY — JOE FRAZIER

Hörst, im Fernsehgn spät auf d'Nacht
hams amol was Urndtlichs bracht:
wirklich sensationell,
aus New York a Boxduell.
Der Tschoo Freischer, kennst eahm eh,
und der wülde Käsches Klee.
No, des war dar a Spektakel!
Jeder, waßt, ar s o a Lackl!
Mit an Bizeps aus Granit,
in der Faust drin Dynamit.
Du, der Klee, der tanzt im Kras,
trifft den Freischer wia nach Maß.
Der is aa net aus Papier,
fahrt eahm eini wia a Stier.
Und so ham si die zwa droschen
gegenseitig in die Goschen.
Amol is der Klee entwischt,
hat dem Freischer ane zischt,
trifft des rechte Aug genau,
und der blüat als wia a Sau.
Trotzdem haut er'n Klee auf d'Birn,
daß dem schlumpert drin des Hirn.
Ach, die zwa, die ham sie gschunden
über zwölf verdammte Runden.
Doch beim Zuaschaun bis zum Schluß
war des ehrlich ein Genuß.

Hinterher dann hat ma ghört:
nach dem Kampf hat ma verehrt
jedem der zwa Boxkanonen
sechzig Schüllingmillionen!
Und zwar Käsches Klee, dem Sieger,
Freischer aa, dem Unterlieger.
No, da hat ma des Gefühl:
alls was recht is, des is zvül!

A WEANER TRAMT IN MONDFLUG

Hin zum Mond saust a Raketen
voll von Drähten und Geräten,
drin die drei im Dienst ergrauten
durchtrainierten Astronauten.
Ja, die drei Amerikaner
gspüarn scho langsam eahnre Baner,
schaun si um mit saurer Miene
in der lausigen Kabine,
wo s'nur mühsam schwebend gehn tan,
wo ma überhaupt net stehn kann;
dauernd muaß ma si da bucken,
destilliertes Wasser schlucken.
Wanns aa ihre Pflicht erfüllen,
denkens alle doch im Stüllen,
ob des überhaupt dafürsteht,
und wia gut halt jetzt a Bier tät.
Umadum is nix ergötzlich
und des Essen is entsetzlich,
aus der Tuben muaß ma's quetschen,
und im Mund hast dann a Pletschen.
Gspüart ma leicht im Bauch an Schnitt,
waß ma net, wohin damit.
Amol wirds die Landung geben,
no, da wer ma was derleben,
hoffentlich net a Debakel
mit dem bleden Mondschinakel!

Und wanns wirklich dann soweit is,
und fürn Mondspaziergang Zeit is,
muaß ma mit der kalten Pratzen
ausn Mond die Staner kratzen. —
No, derweil s'so überlegen,
fahrn die drei dem Mond entgegen,
und auf amol sehgn s'im Licht
riesengroß des brate Gsicht,
und der Mond mit tiafer Stimm
schreit entgegen voller Grimm:
„He! was wollts da, es drei Buam?
Drahts euch ham, es bleden Surm!
Bleibts daham, es jungen Dutter
mit die patscherten Kompjuter!
Um die Massa Milliarden
bauts euch urndtliche Mansarden
für die vülen Obdachlosen,
ohne Schuach, mit gflickte Hosen!
Schleichts euch jetzt mit der Raketen
samt die ganzen Raritäten!
I als alter Urplanet
sag euch nur: i brauch des net.

Jetzt is min Raketenflug
ein für allemal genug!" —
Daß des so net wirklich war,
is euch höchstwahrscheinlich klar.
Was da ghört habts insgesamt,
hat ja nur an Weaner tramt.

DA KOMPJUTER

Heut waß scho der jüngste Dutter,
was des sein soll: a Kompjuter.
Lassen S'mi des expliziern:
er is a Maschin mit Hirn,
wo was Wunderbars entsteht
durch die Elektrizität.
Schaun S', der Mensch hats ausgedacht,
weil sei Hirn eahm Manderln macht,
sich beim Rechnen dauernd irrt
und eahm umadum blamiert.
No, jetzt gibts an großen Kasten,
da drin ratterts ohne Rasten.
In den tollen Automaten
haut man eini Zahln und Daten,
und die tuat er dann addiern,
subtrahiern und kombiniern,
hunderttausendmal so gschwind,
als a Mensch den Abschluß findt.
Dann wird, wann ma's Knöpferl druckt,
das Ergebnis ausgespuckt.
Der Kompjuter, der Addierer,
is für alls a Kombinierer;
gibt ma eahm genügend Daten,
kann er, was ma wüll, erraten.

Des benützen Glücksvergifter,
die sich nennen Ehestifter.
Die ham aa scho hoffnungsfroh
an Kompjuter im Büro,
der im Augenblick erfaßt,
wer mit wem zusammenpaßt.
Weil er hat sich vollgefressen
mit die tausenden Adressen
von die Leut, die hochgespannt
drängen sich zum Ehestand.
Kummt dann so a Kandidat,
gibt ma ein dem Apparat
Alter, Größe und Charakter
von dem hoffenden Kalfakter.
Und scho wird eahm anvertraut
die Adress von seiner Braut.
Leider is amol passiert:
hat a Wepsen sich verirrt
auf der Suche nach an Honig
in die heikle Elektronik.
Da verliert scho kehr um d'Hand
der Kompjuter sein Verstand.

So erfahrt a Astronaut,
wer zu ihm paßt jetzt als Braut:
„Heiraten S'Herrn Friedrich Pick,
des wird Ihna Lebensglück!
Er is dreiundsiebzig Jahr,
hat am Kopf no a paar Haar,
is gefällig und charmant,
hat a sehr a reiche Tant,
und a preisgekrönte Katz,
schlaft bei Nacht als wia a Ratz,
is zwar derzeit ohne Mittel,
aber hat den Freiherrntitel.
Sollt er durch an Zufall sterbn,
können S'alles von ihm erbn.
Schaun S', er is ein Latsch, ein guter —
recht vül Glück wünscht der Kompjuter!"

MEHR ZEIT

Die Uhr is mit Zeigern bedacht,
die rennen für gwöhnlich zu zweit.
Sie drahn si bei Tag und bei Nacht
und transportiern so die Zeit.

Der große, der macht si's net schwer,
bringt nur die Minuten, der Hund.
Der klane, der plagt si vül mehr,
der schleppt glei a ganze Stund.

Wos d'hinschaust, tagaus und tagein,
da schuften die Uhrn für die Leut.
A Uhrmacher sollt ma halt sein,
weil der hat sei Gschäft voller Zeit!

DER HAUSMANN

Mein Herr! Sie ham a Massa Zeit
und trotzdem umadum ka Freud!
Wann S'Ihna dauernd fadisiern,
dann sollten S'irgendwas probiern.
I waß Ihna a gsunde Hacken,
und Sie wern sehgn, Sie werns derpacken.
Fahrn S'net glei zsamm, wann S'des jetzt hörn:
Sie müassten halt a Hausmann wern!

Fürn Hausmann kummt alls in Betracht,
was sunst die Frau im Haushalt macht:
zsammramen, kochen, Gschirr owaschen,
zum Greißler mit der Einkaufstaschen.
Nur: Kinderkriagn, naja, des net,
weil des beim besten Wülln net geht.
I wer Ihna genau erklärn,
was tuan solln, wann S'a Hausmann wern.

No, lernen müassen S'vülerlei:
an Dotter kletzeln aus an Ei,
und Schnitzel klopfen, Anten rupfen,
und hoch die Palatschinken schupfen,
an Strudel in die Backpfann kriagn,
den Erdäpfeln die Haut oziagn.
A jeder Tag bringt neuche Lehrn,
bis S'halbwegs so a Hausmann wern.

Aufstehn haßts früher als wia sunst;
des Fruahstuck machen is ka Kunst.
Richten S'Kaffe und Guglhupf an,
damit die Frau no püsln kann.
Schaun S'nach glei, was im Kühlschrank fehlt;
verlangen S'glatt a Einkaufsgeld.
Die Gattin tuat ja alles gern,
daß S'ja a guater Hausmann wern.

Trotz intensiver Kochbelehrung
ham S'oft o peinliche Bescherung.
Sie hazen ein. Die Frau fahrt a.
Sie stehn allan min Gullasch da.
Wann is des waach? Zerfalln därfs net!
Es brennt si an! Fix, jetzt is z'spät!
Sie wern no manche Schimpfer hörn,
bis S'a perfekter Hausmann wern!

Des Schwerste is des Mehlspeismachen,
da fabriziert ma schiache Sachen.
Nehmen S'a Mehl fürn Apfelstrudel,
sunst ham S'a grauslichs Kudelmudel!
Für backne Mäus tuan S'net den Katzen
die Mäus stiebitzen aus die Pratzen!
Ham S'Böhm im Stammbaum, wenn auch fern,
dann wern S'a tulli Hausmann wern.

Tuan S'net am Gang mit d'Hausfraun kudern:
in jedem Haus gibts böse Ludern.
Wann die an gsunden Hausmann sehgn,
wolln s'eahm scho haum, und dann is gschehgn.
Wann S'mit an anderen Hausmann tratschen,
ham S'bald im Rohr verbrennte Tatschen.
Tuan S'Ihna net um d'Hausleut schern,
so wern S'a klasser Hausmann wern!

Wo steht des gschriebn, daß von der Frau
mit ihrem zarten Körperbau
allan ma sovül Plag verlangt,
für die sich heut ka Mensch bedankt?
An Hausmann wird trotz seiner Qualn
ka Perle aus der Krone falln!
Drum sag i dem bequemen Herrn:
Sie müassen aa a Hausmann wern!

JUNGSEIN

DER ERSTE SCHULTAG

Mei erster Schultag kummt oft
im Traum no auf mi zua:
da bin i in Gedanken
der klane Schülerbua.

Von meiner Bank aus hab i
an Anblick linkerhand:
da hängt am Kleiderrechen
mei Strohhuat an der Wand.

So groß als wiar a Radl,
min Bandl rot verziert.
Auf amol wüll i weg da.
Hab Angst. Bin irritiert.

Hamrennen zu der Mutter,
den Strohhuat aufm Kopf!
Am Herd dann einigucken
glei in den Suppentopf!

Der Huat is jetzt mei alles!
Mi ziagts direkt in d'Höh.
I gleng vursichtig auffi —
i nimm mein Huat und geh.

„He! Freunderl! Wart a bissel,
und renn uns net davon!"
Der Fremde am Katheder
steigt obi von sein Thron.

„A schöner Strohhuat!“, sagt er,
„beinah a Rarität!
Geh leich ma'n, i möcht wissen,
wiar mir des Hüatl steht!“

Er nimmt ma sanft den Strohhuat
und setzt'n wirklich auf.
Er schiabt'n zruck und druckt dann
mit seiner Hand no drauf.

I schau ganz bled und denk ma:
der is eahm z'klan, no klar!
Der Lehrer, der schaut aus jetzt
als wiar a Faschingsnarr!

I muaß auf amol lachen,
mein Gott, is des a Gspaß!
Und den Moment natürlich
lacht aa die ganze Klass!

„No, siehgst es!“, sagt der Lehrer,
und nimmt mi bei der Hand;
„Jetzt häng ma dei bravs Hüatl,
wo's hinghört, an die Wand.

Und immer, wanns im Leben
dir hart wiar heute gschiecht:
am besten, du bleibst ruhig
und lachst der Angst ins Gsicht!“

HIETZING 1907

I siech mi no heut
in der Vorweihnachtszeit:
als ganz klaner Bua
schau'r i Schneeschaufeln zua.

Ganz stüll fallt der Schnee
aufm Hietzinger Kai.
Die Schaufeln beim Kehrn
tuan kratzen und schern.

I hör von der Weiten
a himmlisches Läuten.
Zwa Roß trabn wia irr,
voller Glöckerln des Gschirr.

Die Pferd ziagn an Schlitten
mit Menschen drin mitten,
warm anzogn, pickfein.
Die lachen und schrein.

Und allweil no mehr
kummen Schlitten daher.
Da fahrn reiche Leut
nach Ober-St. Veit.

Ein lautloses Gleiten!
Nur Glöckerln hörst läuten.
I bin in mein Glück
mit der Engelsmusik! —

Ja, wo gibts heut an Schnee
am Hietzinger Kai!
Wo gibts denn no heut
so a Himmelsgeläut!

Die Schlitten san hin,
in die Schupfen tiaf drin.
Und wia kann a Getön
so lautlos vergehn!

DA MARONIBRATER

A Maronibrater steht da auf der Gassen.
Du gehst so dahin, a wengerl verlassen.
Du siehgst eahm stehn von der Weiten im Schnee.
Da gspürst was im Herzen, a bisserl tuats weh.
Du gehst und schnupperst den Holzkohlenrauch,
und siehgst die Maroni min Schnitt übern Bauch.
Und umadum saust der eisige Wind.
Ach, auf amol bist jetzt wieder a Kind.
Du gspürst an Hunger und es is da kalt —
des alls is a Szene, und die is uralt.
Jetzt ghörat halt glei was Warms in die Händ
und in Magen aa zum glücklichen End.
Und auf amol vergißt die Zenträulhaz daham
und Beefsteaks und Torten und den sündteuren Kram.
Da kaufst da ganz gschwind fünf Maroni vom Feuer
(waßt zehne auf amol, des kamert da z'teuer!).
Du stehst und schaust, ach ja, des is fein:
Glei wird da ganz warm in die Finger sein,
und so guat im Magn nach dem leisen Schmerz,
und dann so ruhig und warm ums Herz.

AN A JUNGS MADL

Anett, mit deine fufzehn Jahr,
bist, sag ma, scho recht annehmbar.
I man, du bist scho richtig süaß,
hast a liabs Gsicht und klasse Füaß.
In deiner Gassen bist bekannt,
da radeln Buama umanand,
neugierig kummens hergebraust,
obs d'net beim Fenster aussischaust.
Lang dauerts net, da möcht i wetten,
fahrst mit auf aner Schlurfraketen.
Des is im Anfangsstadium,
dann schaust di um was Gscheiters um. —
Denk ja net ans Emanzipiern,
weil des vernebelt nur des Hirn.
Von jetzt an bis zum Lebensend
is nurmehr Liebe der Regent.
Natürlich hast scho längst kapiert:
Vorrang hat nur, daß gheirat wird.
Wann d'Liab beim Mann verschwunden is,
is guat, wann er gebunden is.
Jetzt is halt wichtig, daß d'verstehst,
wia d e r sein soll, mit dems d'dann gehst.
Was des betrifft, is alles offen,
ma kann nur auf an Glücksfall hoffen.
Vielleicht kriagst an, der net vül fragt,
und fuffzg Jahr dich auf Händen tragt.

Kann aber sein, hast a Malör,
kummt so a Pleampe dann daher,
gibt sich als Engel von Beruf
und is in Wirklichkeit a Bsuff. —
Ma waß halt net aufs Gratewohl,
was ma dir wirklich wünschen soll:
vielleicht an ruhigen Galan,
den man a bisserl lenken kann,
der an net glei total verbrennt
mit sein gebremsten Temprament.
Natürlich haperts min Pläsier,
wann der nur grundelt neben dir.
Vielleicht, daß aner mehr di gfreut,
der übergeht vur Zärtlichkeit,
der di in aner Tour nur streichelt
und wiar a Kater dich umschmeichelt.
Paß auf, der hat mit dir net gnua
und gibt dir mit der Zeit a Ruah,
der wüll bald andre kascholiern
und geht mit sein Gefühl hausiern.
Da bist dann mit an Grobian,
der a guats Herz hat, besser dran. —
Anett, mit deine fufzehn Jahr
findst du des Leben wunderbar.
Jetzt muaßt erst schaun, wiar's weitergeht,

was wirklich dann ins Haus dir steht.
Die Ehe is a Lotterie,
und wer da gwinnt, des waß ma nie.
Wann jeder nach fuffzg Jahr'n zuletzt
den andern wie sich selber schätzt,
und ohne Heucheln dann gesteht:
„Na, i bereu's no immer net!",
dann sagst aa ohne Überlegn:
„Siehgst, guat is gangen, nix is gschehgn!"

AUF DER GASSEN

I geh auf der Gassen. Ka starker Verkehr.
Da kummt grad um d'Ecken a Madl daher.
I mach jetzt an Blick hin, des is nur natürlich.
I siech glei, des Madl is wirklich backschierlich,
kann sechzehn Jahr alt sein, hat nix, was mi stört,
hat umadum alles schon, wia sa si ghört.
I frag s' — in Gedanken nur, weil s'mi net kennt —:
hörst, Madl, was denkst da du jetzt den Moment?
Bist aufglegt famos oder tuat di was razen?
Und gehts da jetzt guat, oder is da zum blaazen?
War irgendwas los daham, gibts leicht an Zwist,
weils d'gestern auf d'Nacht so spät zhaus kummen bist?
Die Gschicht mit der Tanzschul, göl, laßt da ka Ruah?
Jetzt hast a neuchs Klad, und ka Tascherl dazua!
A eigene Wohnung, des war halt dei Zül.
Die Eltern san guat, aber benzen tuans zvül.
Was schaffst da durt an z'erscht, an Hund und a Katz?
Vielleicht ziagst di zsamm gar amol mit dein Schatz?
Der Karl, wannst den siehgst gach, da kunnterst vergehn.
Er wird da, des waßt jetzt, net lang widerstehn.
A Weib is a Abgrund, des sagt ma so gern.
Wirst du vielleicht später dann aa aner wern?
Ach, wann ma an Menschen so einischaun könnt —
vielleicht bist jetzt eh scho a Abgrund am End!

I waß net, was los is, und was di jetzt quält.
Zum Schluß denkst: für was bin i da auf der Welt?
Wia kannst sowas denken, du bist ja net gscheit!
Wannst gehst auf der Gassen, da gfreun si die Leut!

A BRIAF AN DIE GROSSMUTTER

Großmutter schau, i muaß da heute schreibn,
mir gehts net guat, i tua net übertreibn.
Da Vatta motschkert allweil in sein Zurn:
„A Niatn bist! Und nix is aus dir wurn!"
Du, Großmutter, warst allweil guat zu mir,
du waßt genau, i kann ja nix dafür.
Mi gfreut nix mehr vur lauter Schmerz und Gram.
Drum möcht i endlich jetzt a Auto ham.
Schau, alle meine Spezi ham a Tschesen.
Da Charly is in Rom min Auto gwesen!
Und no dazua: die Rikky laßt mi stehn!
Weil ohne Wagn wülls nimmer mit mir gehn!
Großmutter! Schau, wo kumm i denn da hin?
Du wirst jetzt sagn: „Du hast do a Maschin!"
Mit der is gfährlich fahrn! Sei ma net bös!
Du wüllst do net, daß i mi bald derstöss!
Und außerdem, die muaß i jetzt verklopfen
und mit dem Geld dann andre Löcher stopfen.
Großmutter, hurch! I hätt jetzt a Idee:
der Schlosser drübn verscheppert sein VW.
Der hat no net vül Kilometer drauf.
Und bei dem Baujahr wars a klasser Kauf.
Großmutter, göl, du bist ja ganz allan,
dei Rentn is do gwiß net gar so klan.
Geh, leich ma glei a vier-, fünftausend Schüll!
Und wannst ma guatstehst, bin i bald am Zül.

I zahl da's zruck in Raten, wia i kann.
I führ di aus, du kummst als erste dran.
Hast du net gsagt, daß d'in d'Versurgung gehst?
I führ di hin, wannst wirklich drauf bestehst.

DIE VERWANDTSCHAFT

Wannst heiraten möchterst, dann merk da des ane:
a Braut kann ja liab sein, nur ledig is kane.
Weil hinter an Madl steht allweil ganz stad
a Vatta, a Mutta, a Bruada parat;
a Schwester natürlich, a Onkl, a Tant,
und dann bist auf amol mit alle verwandt.
Vurm Schwiegerpapa möchst di liaber verstecken,
weilst tuan kannst, was d'wüllst: er kann die net schmecken.
Die Mama denkt sicher, ma merkts an der Miene:
wo hats denn da hingschaut, die arme Christine?
Der Bruada is freundlich und is doch a Strick:
er leicht si a Geld aus und gibts net zurück.
O Gott, und die Schwester! Sags ja nimmer laut:
die gfallt da jetzt besser wia d'eigene Braut!
Des is ja entsetzlich! Du greifst da aufs Hirn:
was wird denn da alles in Zukunft passiern? —
Es wird net so arg. Du kannst net umhin,
und heiratst, wia ausgmacht, die liabe Christin.
Und dann wird die Gschichte no lang net dramatisch.
Die Zeit bleibt net stehn und du wirst phlegmatisch.
Schön langsam siehgst deutlich: dei Frau is a Schatz!
Schaust nimmer auf d'Seiten, du brauchst kan Ersatz.
Der Vatta sagt über den früher Verschmähten:
„Der Kerl is net zwider, er hat Qualitäten!"
Und endlich erfüllt sich der hamliche Tram:
die vülen Verwandten san froh, daß di ham!

KRANKSEIN

DIE CHEFVISITE

Hörn S', warn Sie scho vielleicht amal
als Patient in an Spital?
Dann warn Sie sicher fasziniert,
wann durt a Chefvisit passiert.
Auf amol sehgn S'ka Schwester mehr,
der Saal ist stüll und scheinbar leer.
Und dann gehn alle Türen auf,
es zwängt si rein im schnellen Lauf
a Menschenschlangen kolossal
voll weißer Mäntel in den Saal.
Voran marschiert der Herr Professer,
vor Ehrfurcht wird a jeder blässer,
weil doch der hohe Herr so schlicht
vorbeirennt, daß'n jeder siecht.
Und hinter eahm die prominenten
Ersten und Zweiten Assistenten,
und hinterdrein dann purzeln fast
die Zimmerärzte voller Hast,
und Schwestern aa, die weißen Tauben
mit frisch gestärkte Flügelhauben,
aus alle Ratzenlöcher flitzen,
die was a weiße Tracht besitzen,
und drängen weiter mit die andern,
die net zum halten san im Wandern,
Und wo si zagt der Enztrumm Schwanz,
vergißt ma auf des Atmen ganz.

Ma hört jetzt auf mit Huasten, Brechen,
mit Bluaten, Schwitzen, Seitenstechen,
bis daß der mächtige Regent
in Herrlichkeit vorüberrennt.
Und wann aa alle weitertreiben,
's kummt vur, daß amol stehn wo bleiben.
Dann hört a Kranker tief bewegt:
„Ihr Bein wird morgen abgesägt."
Ma klopft eahm auf die Schulter heiter
und scho rollt die Kolonne weiter.
Dem Patienten wird akut
trotz allem feierlich zumut.
Jetzt, wo der Chef sich intressiert,
waß er, daß alles anders wird.
Er denkt getröstet: „Wirst scho sehgn!
Es kann da überhaupt nix gschehgn!"

DER ZIGARETTENRAUCHER

„Die Gschaftelhuaber gebn ka Ruah,
weil i no allweil rauchen tua.
Die san dar alle indolent,
daß ma s'beinah derschlagn könnt.
I hab scho in der Volksschul graucht,
und hab durt ka Belehrung braucht.
I hätt als Bua ka Zuckerl zuzelt,
i hab ma liaber ane gwuzelt.
Als Lehrbua später hab i meist
mir dann natürlich Gstopfte gleist.
Und seither rauch i aa net teuer,
i kauf ma Memphis oder Dreier.
Jetzt redt a jeder Sandler gscheit
vom Rauchen seiner Schädlichkeit;
und daß ma jetzt glei aufhörn muaß,
sunst kriagt ma, sagn s', an Raucherfuaß,
an Herzinfarkt, und was waß i,
in Lungenkrebs, a Embolie.
Hörts auf, da kriag i glei an Pick!
Wer stirbt scho wegn so an Tschik!
Wiavül hams scho am Friedhof bracht,
die ham no nia an Hacker gmacht!
Des, was i gspür, is in der Fruah,
daß i beim Aufstehn huasten tua.
Kann sein dann, wann ma's net verbeißt,
daß an des Beuschl aussireißt.

Des is ja alls ka so a Plag.
Jetzt aber hörts, was i euch sag:
was hat der Mensch auf derer Welt?
Vül Scherereien und wenig Geld.
Net gnua, daß an die Frau sekkiert,
und des Finanzamt massakriert,
jagt an der Chef wia wüld herum,
und ma wird ausgricht umadum.
Da braucht der Mensch von Zeit zu Zeit
a bisserl was, a klane Freud.
Und sehgn S', er hat halt, was er braucht,
wann er a Zigaretten raucht."

So is des Reden von an Mann,
der 's Rauchen nimmer lassen kann.
Es ghörert öfters diskutiert,
ob si die „klane Freud" rentiert!

KRANKENBESUCH

Die Uhr schlagt zwa im Krankenzimmer.
Weiß glänzt des Bett im Sonnenschimmer.
Der Kranke, der besinnungslose,
kräult langsam raus aus der Narkose.
Er seufzt vur Schmerz und insgeheim
is eahm a bisserl aa zum Speim.
Und doch, da kummt Erlösung schon
aus seiner Situation.
Besucher kummen jetzt: Verwandte,
und dann in Doppelreihn Bekannte.
Ma schleicht daher auf Zechenspitzen
und fangt vur Ehrfurcht an zum schwitzen,
weil ma si furchtbar alteriert:
„Mein Gott, den hams scho operiert!"
Ma bringt Geschenke, wirklich toll,
des Zimmer is von Blumen voll.
Ma wischpert nur im Flüsterton,
wia wann ma knian tät vur an Thron.
A Wörterl aus des Kranken Munde
macht in der Masse glei die Runde.
Mit einem Wurt, der Patient,
im Gsicht no gelb wia Pergament,
kummt drauf und sagt si's unverblümt:
jetzt is er über Nacht berühmt!

ÜBERN SCHMERZ

A jeder Schmerz, des waßt ja eh,
is unerwünscht, weil er tuat weh.
Kummt er amol, verlaß di drauf,
er togerzt furt und hört net auf.
Ma waß, der Schmerz is allemal
vom Körper ein Alarmsignal.
Es is was krank durt, wo's di sticht!
Jetzt muaßt dazuaschaun, daß was gschiecht!
Der Mensch täts freili gern vergessen.
Drum ghört er halt zu allem gstessen.

ALTSEIN

DER ALTE MANN ERINNERT SICH

(HEINZ CONRADS GEWIDMET)

Wart, so hat des angfangt, i waß no genau:
i steh in der Tramway, nebn mir sitzt a Frau.
Was sag i, a Frau? Na, a Madl wars, klar,
mit mollige Dingsda und offene Haar.
Sie schaut an Moment nur, die saubere Katz,
steht auf und wird rot und gibt ma ihrn Platz.
„Sehr liab!", sag i, „Fräulein, des nimm i net an,
weil i doch von mir aus zwa Stund no stehn kann!"
„Des macht nix," sagt sie drauf ganz unhamlich süaß,
„von uns zwa hab i doch die jüngeren Füaß!"
Was hätt i solln machen, mir fehlt die Routin.
I Trottel bedank mi und setz mi halt hin.
Schau aussi durchs Fenster, die Händ san eiskalt,
i denk ma: hörst, bin i denn wirklich scho alt? —
Ja, des war der Tag, hab i oft überlegt,
von da an hat alles sich abwärts bewegt.
Da gibts nix, verstehst, weil da nutzt aa ka Schmolln:
i hätt in der Tramway halt stehenbleiben solln!

DIE GLATZEN

A Mann, mei Liaber, hats net leicht,
wann er si so durchs Leben schleicht.
Is er in seine besten Jahr,
verdrucken si die letzten Haar,
die drobmat er am Dachl hat,
und des Platoo wird spiegelglatt.
Ihm wachst am Kopf a Bauplatz gschwind,
für den er nia an Käufer findt.
Und wüll er si dann oben kratzen,
so kummt er drauf: i hab a Glatzen!
Es nutzt nix, wann eahm aner tröst:
„Da Cäsar unt in Rom, verstehst,
der war in der verflixten Zone
wie du genauso oben ohne!"
Drauf sagt der Arme klarerweis:
„Was i mi um den Cäsar scheiß!
Mi intressiern net seine Haar.
I waß ja gar net, wer des war.
I hab jetzt no a letzte Freud:
daß auf die Schläfen was gedeiht.
Die Schläfenhaar als letzter Putz,
die kummen unter Denkmalschutz!"

DIE ALTE KATZ DENKT

Die alte Katz, die gspüart die Gicht,
sie hockt beim Herd und macht a Gsicht.
Weils im Moment net schlafn kann,
fangts aus Verdruß zum denken an:
Was hat des alles für an Sinn?
Die schönsten Jahrln san dahin.
Da haßts, des Leben is famos,
was war denn überhaupt scho los?
Viermal im Jahr hats Junge gebn,
zwahundert warns im ganzen Lebn.
Wo san die hin? Des sollt ma wissen.
Die meisten hams ins Wasser gschmissen.
Nur hie und da hams von die vüln
a Jungs ihr gebn zum Mutterspüln.
Die san ja liab. Doch kaum sans groß,
gehns aa scho auf die Mutter los.
Was aber macht der Kindesvater,
der arrogante, blede Kater?
Ma hat no nie davon was ghört,
daß der si um die Jungen schert.
Ihm is die Hauptsach der Genuß,
die Katz hat nachher den Verdruß.

Des alles denkt die alte Katz,
geht langsam furt von ihrem Platz,
füllt si mit Mülch des Wamperl an,
und haut si hin zum Schlafen dann.
Im Traum hats no a paarmal gfaucht,
und so hats alles übertaucht.

PENSIONISTEN AUF DER BAUSTELLE

Da baun s' jetzt a Haus, des wird da was wern!
Für zwahundert Menschen a Zinskasern.
Da kriagt dann ar jeder a Wohnmaschin
mit Bad und Klosett und Zentralheizung drin.
Vül siecht ma natürlich no net momentan,
bis auf den riesigen gelben Kran.
Der hebt mit sein Arm an halben Waggon
voll Ziagln und Bagstäul aus Eisenbeton.
Die Buldozzer scheren mitn Rüassel im Lahm
und hebn aus der Erden die ältesten Bam.
Und wia bei an Säugling die ersten Zähnt
siehgst jetzt scho am Bauplatz a Fundament.
Der Bagger, die Kreissag, des pumpert und surrt,
ma schreit und versteht net sei eigenes Wurt.

Bei der Baustell, naja, da stehn voller Ruah
die Pensionisten und schaun halt jetzt zu.
Sie brauchen nix tuan mehr, da drüber sans froh.
Nur insgeheim denken s': aber schön wars scho!
Da passens jetzt, wia der Polier si benimmt,
und beuteln den Kopf dann, wann durt was net stimmt.
Sie tuan spekuliern, wia des weiter jetzt geht,
und in wiavül Monat der Dachstuhl obn steht.

Und dann erst im Innern des Installiern,
die lausige Arbeit mit Fenstern und Türn,
wia lang als des dauert, und schließlich danebn
auf amol die Frag dann, ja, ob s'es derleben!
Da gehns dann schön langsam, die Außenseiter
mit die grünen Hubertusmäntel brav weiter.

A SENIORENPROBLEM

Siebz'g Jahr scho bin i unlängst wurn.
I sags befremdet und mit Zurn.
Des is halt eine lange schon
verfahrne Situation.
Ma wird da einimanövriert,
indem ma täglich älter wird.
Bald wischpelns hinter dir voll List:
daß d'scho a alter Grabler bist!
No, jetzt ist die Enttäuschung groß,
dein Selbstbewußtsein kriagt an Stoß.
Denkst z'ruck an deine jungen Jahr:
da war die Zukunft wunderbar;
da hast dir vurgsagt sovül gern:
du wirst amol was Großes wern!
Ja, Schnecken! Heirat, Kindergschraa!
Der Krampf min Geldverdienen aa.
A Weltkriag in der Gschwindigkeit,
und dann die schiache Nachkriagszeit.
Und neb'n dem ganzen bleden Kram,
wüll ma vom Leben aa was ham.

Schön langsam wird nix mehr vertuscht:
dei ganzes Leben is verpfuscht! —
Mir hat ein Arzt gsagt, wirklich gscheit:
„Ka Mensch waß was mit Sicherheit:
obs guat, obs schlecht is, was ma treibt,
und was von a'm dann übrig bleibt.
Des Größte hast vielleicht vollführt
und selber gar net registriert.
Erst wannst d'auf d'letzte Reise gehst
und dann vor deinem Herrgott stehst,
erfahrst es schließlich klipp und klar,
ob's a verpfuschtes Leben war!"

ES HERBSTLT SCHO

Es herbstlt scho.
A kalter Wind kummt gach von irgenwo.
Die Möven schrein und flitzen umanand.
Da ham ma bald den Winter aa im Land.
Wo is der Summer? Furt wia blauer Rauch.
Wannst zruckschaust jetzt, war alles nur ein Hauch.

Es herbstlt sauber scho.
Fangst an zum denken, wirst bald nimmer froh.
An Haufen Jahr hast glebt. San längst verwaht.
A Film wars, zwischendurch gschwind abidraht.
I waß es kummt a End. So is des Lebn.
Und hinterher? Sollts dann ka Frühjahr gebn?

OKTOBER

Heut denk i an den Februar,
als wia wanns gestern gwesen war.
Da blüaht am Fenster, wiar i schau,
a Hyazinthen blau in blau.
Dann, unterm Bam beim Kartenspüln,
Fallt mir am Schädel a Marülln.
Durch des natürlich denk i dran,
daß mir ja schon im Juli san.
So draht si alls, und kehr um d'Hand
steh i da vur an Blumenstand.
Da gibts a großes Angebot
von Chrysanthemen, weiß und rot.
Und den Moment, da schiaßts ma ein:
des muaß für Allerseelen sein!
Da druckts mi auffi bis zum Hals.
jetzt sagts ma nur: für was des alls?
Kaum is ma jung, scho is ma alt.
Wia gibts denn des, daß gar nix halt?
Als Kind möchst groß sein, raunzt di bled,
tauchst förmlich an, daß's gschwinder geht.
Heut alser Alter bist der Kren:
weg'n dir bleibt jetzt des Jahr net stehn! —
Schau aussi, hörst, dann waßt es gwiß,
wia schön no der Oktober is!

VON LETZTEN DINGEN

DIES IRAE

(Freie Übertragung aus dem Lateinischen)

Dies irae: des wern Zeiten!
„Jüngster Tag“ soll des bedeuten.
Schrecken kummt von alle Seiten.

In der Luft a so a Raunen,
und dann schmettern die Posaunen,
da vergeht da jedes Staunen.

Es is nimmer zum ertragen.
Jeder Sünder muß verzagen,
weil jetzt gehts ihm an den Kragen.

Zum Gericht wern aufgeboten
so die Schwarzen wia die Roten.
Aus die Gräber gar die Toten.

Steht amol die Welt in Flammen,
kummt der Herr, von dem wir stammen,
er wird segnen und verdammen.

Und ma zeigt ihm a Register,
was alls gschehgn is, des ermißt er
beim Paraber und Minister.

Mensch, da drinnen san zum finden
haarklan alle deine Sünden,
nix davon kann mehr verschwinden.

Denk an deine schlechten Taten,
suach da gschwind an Advokaten!
Ach, was kann da der scho raten?

So, wias d'bist, so schuldbeladen,
bitt Herrn Christus fest um Gnaden,
alles andre kann nur schaden.

Schrei: „Da steh i voller Bangen,
rot vor Schand san meine Wangen,
Reue beißt mi wia a Schlangen!

Ewig lebn die Schlechtigkeiten.
Laßt d'zu sowas di verleiten,
rennts da nach für alle Zeiten.

Für die bösen Menschenhorden,
für die Leut, die stehln und morden,
bist, o Herr, gekreuzigt worden.

Aner Dirne hast vergeben,
und dem Schächer a daneben —
därf net i a Gnad erleben?"

O Herr Jesus! Laß den müden,
den, der reuig is verschieden,
laß den Sünder ruhn in Frieden!

DIE KULISSEN

Freunderl, ans, des müasserst wissen:
allweil, bis zum letzten Bissen
bist umgeben von Kulissen.

Schöne Möbeln in dein Zimmer.
kehr um d'Hand erkennst es nimmer,
bei an Erdstoß hast nur Trümmer.

Schau, oft is der schönste Wagen
mit an Pumperer zerschlagen:
kannst eahm glei zum Tandler tragen.

Hat dir net erzählt dei Vater,
wia in Wien des Ringtheater
war a anzger Feuerkrater?

A Stund früher wars für d'Reichen
noch a Prunkhaus sondersgleichen —
blieben is a Fragezeichen.

Dresden nachn Bombenregen
is in Schutt und Aschen glegen
auf Befehl von die Strategen.

Vurher wars a Augenweide:
Geschäfte, Kinos, Schulgebäude,
Parks, den Menschen durt zur Freude.

Siehgst, Kulissen san des immer!
Alles sinkt amol in Trümmer.
Ans-zwa-drei, du siehgst es nimmer.

Macht di des net manchmal bänglich?
Was um dich is lebenslänglich,
alles, alles is vergänglich!

Hunde, Katzen, Hendeln, Anten,
alle deine vüln Bekannten,
san für dich nur Emigranten.

Kaner bleibt mit dir verbunden,
irgendamol sans verschwunden,
oft in Jahren, oft in Stunden.

Denk scharf nach amol, mei Liaber:
irgendwo werkt wia im Fiaber
dauernd a Kulissenschiaber.

Allweil wechselt's Panorama:
für die Menschen, Viecha, Bama
haßts nur immer: wegarama.

Und scho kummen neuche Gsichter,
Städtebauer, Landvernichter,
guate Leut und Bösewichter.

Sans a no so dienstbeflissen,
oder hams di einibissen,
Mensch, für dich sans nur Kulissen.

Doch dazwischen, net vergebens,
und trotz deines Widerstrebens,
spielt das Schauspiel deines Lebens.

Ganz allan stehst auf der Bühne
und agierst mit ernster Miene
in dem Spiel von Schuld und Sühne.

GRABSTEINE

A GRABSTAN FÜR A EHEPAAR

Da is begrabn a Ehepaar,
was fufzig Jahr verheirat war.
Jetzt gehts auf amol, daß die beiden
beinander liegen und net streiten.

A GRABSTAN FÜR AN WEINHÄNDLER

Bleib da jetzt stehn, geschätzter Säufer,
hier ruht Herr Johann Wiedertäufer.
Der Wein, mit dem er hat gehandelt,
den hat er fürchterlich verschandelt.
Des Schicksal hat eahm arg verflucht:
sein Ende war die Wassersucht.

A GRABSTAN FÜR AN TISCHLER

Der Tischler Leim da drunt war schon
a zwa, drei Jahr in Pension.
Des Nixtuan war eahm langsam z'fad,
er war si aa auf amol z'blad.
Sei Arbeitsdrang is gach erwacht,
da hat er halt a Bankl gmacht.

A GRABSTAN FÜR AN CONFERENCIER

Da liegt a Konferaunßiä.
Er war a Niatn, des waßt eh.
Des Publikum, das er gepeinigt,
hat eahm aus Dankbarkeit gesteinigt.
Da hat bei eahm, des kann ma sagn,
zum ersten Mal was eingeschlagn.

A GRABSTAN FÜR AN OPERNSÄNGER

Da is des Grab vom Luigi Wenger,
an fulminanten Opernsänger.
Der is amol im Dulliäh
gach aufikräult aufs hohe C,
dann is er oben schwindlich wurn,
is runtergstürzt und war verlurn.

A GRABSTAN FÜR AN KOMPONISTEN

Da drunten liegt a Komponist,
sei Musi war bei Gott ka Mist,
halt nur a bisserl atonal.
Des war für vül Leut ein Skandal.
Da hams eahm gschleppt voll Infamie
zu aner Mozartsymphonie.
Beim Zuahörn is der arme Wurm
glei an Akkordvergiftung gsturm.

A GRABSTAN FÜR AN HUMORISTEN

Bleib stehn, wannst grad guat aufglegt bist:
da unten liegt a Humorist.
Der hat gefrozzelt an Bekannten,
und der hat dann kan Spaß verstanden.

A GRABSTAN FÜR AN CHIRURGEN

Da liegt der Doktor Messerheld.
Er hat verdient a Massa Geld.
Bei ihm war für a jedes Leiden
des anzige Rezept des Schneiden.
Amol war ihm a bisserl bang,
da war er nämlich selber krank.
Er könnt spaziern no auf der Gassen,
hätt er si operieren lassen.

A GRABSTAN FÜR A SCHLECHTES GEWISSEN

Da unten liegt a schlechts Gewissen,
des hat an Menschen öfters bissen.
Der hats dann kurzerhand begrabn:
der Mensch wüll doch sein Frieden habn!

A GRABSTAN FÜR DEN FRIEDEN

Da liegt begrabn der Völkerfrieden.
Ihm war bei uns ka Glück beschieden.
Ma hats scho gsehgn an sein Figürl:
er war sei Lebtag a Krepierl,
hat allweil grad nur vegetiert
und gar net richtig existiert.
Wünschts halt dem armen Invaliden:
Herr, laß eahm sölig ruhn in Frieden!